注解する者

Takashi Okai
岡井隆詩集

思潮社

注解する者

岡井隆詩集

思潮社

目次

装幀　間村俊一

注解する者

側室の乳房について

「側室の乳房《ちち》つかむまま切られたる妻の手あり　われは白米を磨ぐ」は米川千嘉子の創つた短歌であるが「松江十首*」の中にあり「金色の草ラフカディオ・ハーン」の「奇談・因果ばなし」に由来するとあれば八雲立つ出雲八重垣、因果をたどつて「奇談**」を読んだ。死を前にした或る大名の奥方が側室の雪子十九歳に嫉妬を燃やして雪子の乳房を摑む力。「さ、かうして！」と死すべき女《ひと》は、ほとんど人間業とも思へぬ力をもつて雪子の肩にすがりついて立ち上がりながら言つた。ところが彼女は「まつすぐ立ち上がると、あつといふまに雪子の首筋から着物の下へ、細い手を両方さしこんで、娘の乳房をぐつとつかみ、いやらしい笑ひ声をたてた。」といふところまで読んで戦慄した。なぜなら奥方ははじめ「庭の桜の花を見たいからおまへの肩にすがつて立ち上がらせてくれ」と雪子を騙した上で桜花を乳房にすりかへたからであつた。ああ臨終の際の願ひは万朶のさくら花にはなく側室の二房《ふたふさ》の乳房《マンマ》にあつた……。

私は八雲を読みさしのままJR東海道線東京駅を降りた。横浜からの帰りのグリーン車で食べた弁当がらを捨てて降り立ちそのまま地下街のヘアサロンへ行く。若い長身の理髪士に白髪を摘《つ》んで貰ひながら乳房を持たない性から見てそれを持つ性の二人が相争ふさまを思つてゐると青年はにこやかに話しかけながらここ数日此の詩を書くために（といふのは嘘だが）凝りに凝つた肩から背中にかけてその長い指でほぐして呉れるのだつたが鏡の中ではたしかに肩ごしにのばされた彼の手がいくたびとなく私の肉体を摑んだのであつた……。

私はそのあと豪壮なホテルのロビイで今夜の小宴のホスト役の人を待ちながら、やや暗めに設定された光の中で奥方と側室の葛藤の行方に目を走らせることになつた。すると奥方の「思ひがかなつた！」といふ叫びがきこえるではないか。「桜への思ひがかなつた——が、庭の桜ではない！　思ひがかなふまで死にきれなかつた。」といふや否や彼女は息を引きとつたとあり八雲の原注では桜の花はしばしば女の肉体美になぞらへられそれに反して桃の花は貞操の比喩だとあるが本当なのだらうか。今夜の小宴はホスト役の人が来て始まり私はふたたび八雲を読みさしのまま数種の洋酒の盃を前にして八雲について八雲の「日本人の微笑」といふ日本文化論について触れながら語つたのであるが無論それは傍系の話題で主題は遠い国からやつて来た慣習を私たち日本人の古い民族的儀礼といかにすり合はせたらいいのかといふ喫緊の課題にあり注がれる酒はことごとく和歌の形をとつて血を燃え上がらせるために消費されたといつてよくその和歌は時として若い女性の姿を借りて庭の桜花のやうに返り咲かうとしたのであつたが……。

私はその夜おそく新宿駅の西口あたりで送られて来た車から降りて地下道へ向かひ騒ぎ合ふ歳末の若者たちにぶつかりながら避けながら歩く老人としてやうやく中央線快速の一隅に座るやいなや三たび「因果ばなし」の頁を追つたのであつたが「侍女たちはただちに、側室雪子の肩から奥方の亡骸《なきがら》をかかへ上げて、床へ移さうとした。ところが——不思議なことに——見たところなんでもないこのことができなかつた。」なぜなら奥方の亡骸の冷たい両の手が娘雪子の乳房にくつついて「生きた肉」と化してゐたからであつた。「雪子は、恐怖と苦痛のあまり気を失つた。」そして治療のために呼ばれたオランダ人の外科医は、雪子を助けるためには両手を死体から手首のところで切断する外はないと言ひその通りにしたのであつたが古い伝統の和歌の手のひらはそんなことで死に絶えることはない。黒くて硬いその手は毎夜丑の時が来ると「大きな灰色の蜘蛛のやうに」、若い外来種の詩の乳房を寅の刻まで「締めつけ責めさいなむのである。」とこの帰化したアイルランド人は語るのであつた。雪子が尼になつて奥方の供養をして歩く結末はどうでもよいやうに思はれ、私は深夜の三鷹駅頭でバスを待つた。この物語を外ならぬ短歌へと繋げながら「白米を磨」いだ米川千嘉子とは全く違ふ和歌への惨憺たる恋着を覚えた。和歌によつて永遠に摑み続けられる側室文化の若い二房の乳房《マンマ》について結局はなんの結論もまた解決法をも見出すことのできなかつた今夜の小宴を思つた。かくて手首から切られた手はいよいよ強く幻の桜花を摑み続けるのであつた。

＊『衝立の絵の乙女』米川千嘉子による。
＊＊『小泉八雲集』（上田和夫訳）による。仮名遣ひをかへた。

鼠年最初の注解《スコリア》

I

注解するものはテクストの従者であつて忠実にそれにより添はないと駄目。かと言つて独り語りは避けたい。質問の花を次々に咲かせてにぎやかであつた方がいい。今年はじめての注解の場は寒い雨の降る午《ひる》すぎの昔風の旅館の一室で障子の向かうのちよつとした庭の池にも雨は降りそそぎ藤棚がそれを黒々と覆ふのを見ながら話せということであつた。* 注解者の選んだ歌は

葦《あし》べ行く鴨《かも》の羽《は》がひに霜降りて寒き夕べは大和《やまと》し思ほゆ

（万葉集巻一　志貴皇子《しきのみこ》）

であつて「葦べ行く」はふつう飛ぶ鴨を思ひ画くらしいが冗談ではないぜ葦原をかき分けて泳ぐ一対の鴨を予想することなしに注解は完成しない。では翼の上に霜が降るのか。霜が降るほど寒いとメタフォア風にうけとるのはまだ浅い見解だらう。夕ぐれの鴨（複数）の「羽がひ」はうす光りして（ほら君眼前の夕景の藤の幹だつてさきほどまでの午後の光とはちがつて来たぢやないか）いかにも寒い。しかしかれらは番《つが》ひを組んで仲よささうぢやないか。それに比べて作者志貴皇子はひとりである。おのづから「大和」に残して来た妻を思はずにはをれない、といふところまで注解が進んだときヴィデオカメラのカメラマンの指示で照明が変り休憩に入つた。二人の質疑者が居た。一人は志貴皇子の人柄をどう思ひますかと言うんだが明解はある筈がない。皇子は技巧にすぐれた歌人であつたといふまでで天智帝の第四皇子でありながら天武帝の支配下に生きた逆境をこの歌から読みとるのは注解者の大きらひな作者偏重であらう。作者は難波へ旅して来て家郷を思つてゐる壮年の歌人といふところまででいいのぢやありませんか。それなら男の独り寝についてはどう思ひますかともう一人の質問者の声があがつたので、つまり男の淋しさを番《つが》ひの鳥たちに比べて歌ふのが一つのパターンなのでせうね。ヴィデオカメラは回つたり止んだりまた回つたり照明は右から顔へ来たり左から来たり、もう少し廊下側へ体を傾けて下さいよともとめられればさうしてその間も注解《スコリア》は止むことがない。鳥たちとの寓意譚なんですよ動物寓話といふか「桜田へ鶴《たづ》啼きわたる年魚市潟《あゆちがたしほ》干《ひ》にけらし鶴《たづ》啼きわたる」の高市黒人《たけちのくろひと》だつてさうぢやありませんか。今の愛知県熱田あたりを通りかかつた旅人がただ鶴の啼きながらとぶのに感動したわけではないでせう。鶴は家族を組んで飛び自分はひとりこの浜に立つてゐるといふところに歌の核があり志貴皇子の鴨とその点同じである。すべての動物は美しく緊密に描かれるが孤独ではないのに作者はひとりであると答へながらもう一度庭をみると黒松が立ち灯がともつて夜へ移らうとしてゐる。ヴィデオはいつのまにか止みかたはらの渋茶も冷えて注解者に与へられた時はしづかに消え去らうとしてゐるのであつたから注解する者は妻の待つ「大和」へ向けて退席するために傘を持ちオーバーコートを着て黒のハンチングをななめにかぶつてよろりと立ち上つた。

2

一九一二年は明治四十五年で子《ね》の年であつたが鼠にちなんで森鷗外が「鼠坂」を書いたのは明らかで注解する者は先づそこにこだはる。(注解する者の内側には反対鳥が一羽飼はれてゐて、この時も激しく異をとなへた〈嘘だらう〉)。鷗外森林太郎陸軍省医務局長兼軍医総監は高位の官人としては当然ながらこの年一月一日年賀のため宮中に参内しそのあと東宮御所にも行つた。「日記」にみる鷗外の行為は明確だが心は見えなくしてある。注解する者は「乃木大将希典の家にて午餐に稗《ひえ》の飯《いひ》を供せらる。米一升に先づ蒸したる稗の一合を加ふとなり。」といふ一節にもこだはる。なぜならこの年の九月乃木夫妻の明治大帝をあと追ひした自刃に大きな衝撃をうけた鷗外が直ちに「興津弥五衛門《おきつやごゑもん》の遺書」を書いて作風を歴史ものへと大きく転回せしめたことを思ふからである。(反対鳥啼く〈いささか飛躍がひどすぎるぜ。小説「鼠坂」の注解からは遠いのではないか〉)「鼠坂」は日露戦役の裏話の一つで従軍したジャーナリストが軍の占領地で犯した性犯罪と殺人をとり扱つた犯罪小説であるが注解のむづかしい短篇でそれだけに注解する者のこころを刺激して来たといつてよくその書き出しは「小日向《こびなた》から音羽《おとは》へ降りる鼠坂と云ふ坂がある。鼠でなくては上がり降りが出来ないと云ふ意味で附けた名ださうだ。(中略)ここからが坂だと思う辺《へん》まで来ると、突然勾配の強い、狭い、曲りくねつた小道になる。人力車に乗つて降りられないのは勿論、空車にして挽《ひ》いて降りることも出来ない。車を降りて徒歩で降りることさへ、雨上がりなんぞにはむづかしい。鼠坂の名、眞に虛《むな》しからずである。」と落ち着いたものだ。実は鼠も坂もすべて寓意を持つことがつまり状況の比喩であることがあとで判つてくる仕掛けである。

鼠坂の上に戦争成金の建てた邸宅が完成し新築祝ひに二人の友人がよばれて酒宴があつた。戦争成金は満州の戦野まで酒を運んで軍に買はせて大儲けしたでつぷりした政商で今夕のホスト。客の一人は中国語の通訳あがりの中年男でもう一人が物語の主役の従軍記者である。(戦争は軍だけがやるものぢやないのさ。商人、ジャーナリスト、通訳その他が軍と一しよに動く。鷗外はそのことをよく知つてゐたのだらう。注解する者はこの物語の中の鼠坂上の邸宅の酒宴が二月十七日旧暦の除夜に設定されてゐたのを忘れてはいけない。それは従軍記者小川による現地人美少女強姦殺人事件から丁度七年後の日だつたからだ。)注解する者としてはパスカル張りの命名をされた商人深淵《ふかぶち》通訳あがり平山そして記者小川の三悪党が鷗外自身の分身でもあるのかという点に目を注がなければならないだらう。

いや分身であるわけはないにせよ同じ戦争に軍医として参加した鷗外が『うた日記』（従軍歌集）や『妻への手紙』（妻しげに与へた戦地からの便りを多く含む）の外に戦争についての考へを寓意としてこの「鼠坂」にこめたに違ひないことを分析すべきだらう。たしかにその夜小川は深淵の邸の一室で少女の幻をみていはば呪ひ殺されてゐる。「小川はきやつと声を立てて、半分起した体を背後《うしろ》へ倒した。翌朝深淵の家へは医者が来たり、警部や巡査が来たりして、非常に雑沓《ざつたふ》した。夕方になつて、布団《ふとん》を被せた吊台が舁《か》き出された。」作品の結末と直接関はりがあるかどうか判断をためらふのだがこの年の一月五日「新年宴会のために参内」した鷗外は意外なアクシデントに遭遇した。「宴を開かるるに先だちて、岩佐純卒倒す。急に身辺に至れば、岡玄郷先づ在り。岡人工呼吸を行ふ。予これを助く。岩佐は遂に起たざりき。」知人でやはり官人の岩佐が脳卒中をおこしたのに岡医師と協力して救命しようとした鷗外はおそらく軍服のまま床にひざまづいて岩佐純に人工呼吸をほどこしたのだらう。注解する者はたまたまもと臨床経験の長かつた医師であるがその私でもこのやうな卒倒の場面に出会はしたことは一度だけである。鷗外といへども稀な体験だつたらう。「鼠坂」の脱稿はこの年の二月二十五日である。ある種の暗合があつたかに見える。

3

二〇〇八年一月一日注解者はもう一つの役目を持つため宮中に参内して年賀の儀に参列した。今年は一九一二年より算へて十二支の八回り目の鼠年にあたりその間九十六年の歳月が経つてゐる。注解する者の生活は平板にしてアモルフであるが此処に儀式といふ型ある要請が重ねられることにより水あさぎ色の空を緑青《ろくしやう》のあざやかな宮殿の屋根がきつぱりと切りとるやうに非日常の域に一刻とはいへひたることができる。集つた官人たちの話題は時にインド洋上給油活動の中断とその再開に向けられたり歌会始に二人の中学生が選ばれたことに移つたりしたが六十余年の間この国には戦争がなく従つて軍に従ふ商人も軍属もゐなかつたことを注解者は深く思つたことである。

＊「日めくり万葉集」（ＮＨＫＢＳ）

川村二郎氏を悼む

川村二郎氏は旧制高校では敬意をこめて川村さんと呼ばれた
小柄で白絣の和服を着てわれわれ後輩どもの間へいきなりうしろから
手を出して一たん呉れた自筆原稿をさつととり上げた
寮誌編集側のわれわれは残念とうなだれたものだ

萩原朔太郎論だつたと記憶してゐるが本人はずつとあとで
いや泉鏡花論だつた
と言つたので耳を疑つたものだ

『月に吠える』を荒い戦後の空気の中で
評価してゐたのは戦後詩批判ぢやなかつたかと確信してゐる
「もちろん詩の世界では、古を慕つて今を嘆くといふのは、普遍的な表現の定式
　に属する。」（『ヘルダーリン詩集』解説）と
ちやんと本人も言つてをられる

川村さんのゐなくなつた世界の底辺で「あまりに早く運命の女神がわが夢を終ら
　せぬように。」（ヘルダーリン）
などと呟くのは遅い！　あの時川村さんに貰つた原稿は死守すべきだつたのだ

校歌についての断想

寺山修司が三十六歳の時に都内の或る中学校のために書いた校歌を持つて注解する者の意見を訊ねて来た人があつた　むろんその学校の教師　話してゐると演劇好きだとわかるが此の人の年齢では「天井桟敷」　もとうに終つてゐた筈　学校の建つてゐる土地の雰囲気にしては「校歌が暗すぎる」「何故だらう」と思つて偶然小さなきつかけから訊ねる気になつて来られたらしい　さう言はれれば「どんな荒れはてた土地にでも」とか「どんな暗い長い夜だつて」とか「どんな貧しい屋根にでも」とかいつた否定的イメージの言葉は校歌に

は余り使はれない　七〇年代の始め三島由紀夫の死と村上一郎の死に前後から挟まれた時代を背景に置けばわからなくはない表現ではあるがなどと考へ考へ話してゐるうちに自身もかつて書いたことのある中学校校歌や高校校歌を思ひ出して「校歌は歌詞じやない　曲ですよ作曲家次第」と口に出したしかし問題の寺山作詞の校歌は聴いたことはないのだベートーヴェンの第九のオオ・フロイデをイメージして作曲されたとはきいたもののそれ以上注解は進まなかつたとはいへ寺山修司はあへて校歌の常識に反して闇を通して光へ夜のあとに朝を冬を越えて春にといふメッセージを送りたかつたのかもしれないと考へ直した　明治以来有名または中位有名の詩歌人たちが経歴をみれば嫌ひぬき逃げ回つてゐた学校といふ〈場〉に校歌を捧げてゐるのはどうしてなのだらう一種の罪ほろぼしかとも思ふがもう少し根は深さうだ宮澤賢治が自身奉職してゐた花巻農学校のために書いた「精神歌」などは学校秀才の賢治の学校への信と愛が貫かれてゐるともいへるがそれでも「四、日ハ君臨シ　カガヤキノ／

太陽系ハ　マヒルナリ／ケハシキタビノ　ナカニシテ／ワレラヒカリノ　ミチヲフム」とちやんと旅の険しさを言つてゐるのであつた

鷗外「鼠坂」補注

「鼠坂」は話し手の鷗外の話の中に入れ子型に政商深淵の話が入ってゐてジャーナリスト小川の犯罪はすべて深淵の酒席譚であるといふあたりに仕掛けがある。小川は中国東北部の僻村の寒空の下で排便中に空家の筈の民家におこるかすかな物音をききつける。「まさか鼠ではあるまい」と思ふところで鼠が出てくるが小川がその空家探検に出てつみあげた瓦の間の細い道を抜けるあたりも鼠の通路でそこに声もなくうづくまる美少女を見出して難なく犯してしまふ。一体排便中は星空だけの満州でなくても感覚は冴えるもの後年斎藤茂吉が高野山で排尿中に仏法僧の声を捉へたことなどを引き合ひに出すのは不謹慎といはねばならないが深淵の描写は酒の上の暴露話としては精妙すぎて政商の悪意さへ感じさせる。ところで小川は後の罰を怖れて少女を扼殺したのだとすれば軍には軍紀があつたのだらうしそこまで深淵に打ち明けてゐたとすると小川には小川の計算があつたに違ひない。鷗外といふ話し手は「」の中の深淵が話し終つたあとを継いで話し初め深酔ひをした小川を二階の寝室へと追ひ上げる。そこに口角から血を垂らした少女の死霊が待つてゐた次第。しかしこの罰はその罪と釣り合ふのかはすべて注解者にまかせられてゐる。昔注解者が地方の大学街に住んでゐたころ高名な考証学者N先生が教へを垂れておつしやるには「註釈とか註記註解などと言ふのでサンズイ扁が正しいのだ。注解とは水を注いで土をやはらかく解くことを言扁はいらんのだ。」とすればもう少しこの物語にも水をたつぷり注ぐのがよく話法についても鷗外訳シュニッツラア作「アンドレアス・タアマイエルが遺書」とそれに倣つたといはれる

「興津弥五衛門の遺書」の主人公一人の「遺書」だけによる一人語りの分析からどこまで全ての物語を注解できるかといふあたりまで爛爛と目を放つ必要がある。

ウィトゲンシュタインと蕗の薹

I

注解者はその時故寺山修司の『月蝕書簡』の刊行されて月になる直前の闇に複写された紙片を脇挟みながら四谷駅麹町口の群衆の歩みを見てゐた　まだ午後四時をいくらもすぎてはゐない　修司の草稿の「霧の中に犀一匹を見失い一行の詩を得て帰るなり」にはあきたらず「犀」はいつそ見失つたままに詩から消えた方がよかつたと思つて犀と詩を天秤にかけてみたりしてゐると宮家から宮務官《きゆうむかん》の運転

する白色のワゴン車が犀のやうに現はれて注解する者を載せると勢ひよく紀之国坂を外堀に沿つて駈け出し弁慶橋の手前で反転して逆さまに坂をのぼり左折して豊川稲荷へは達しないまま宮邸の門をくぐつて玄関先で静かに首を垂れる可憐な犀なのであった　注解する者はその首を撫でながら広い玄関の右側の柱にしつらへた呼鈴を押して待つた　まことに「世界とはその場に起ることのすべてである」（ルートヴィヒ・ウィトゲンシュタイン、『論理哲学論考』略して『論考』または『トラクタトゥス』）だとすれば注解者にとってこの午後おこつた「すべて」が「世界」となつて押しよせるのであるがL・W（ウィトゲンシュタインはやや長目の名をこのやうに略されるのを好まなかつたかどうかフルネームではかれはルートヴィヒ・ヨーゼフ・ヨーハン・ウィトゲンシュタインと言ふのだが）はその友バートランド・ラッセルの家の扉をラッセルが目を覚まして玄関にあらはれるまで四時間にわたつて叩き続けたといはれてをりその時の扉の固さに思ひを遣るばかりかL・Wの右手の拳の損傷度に心いたむばかりであるがわたしの右手は人指し指のほんの一押しで鈴を鳴らしたにすぎない　そして「世界は事実Tatsache《タートザッヘ》の総体であつて事物Ding《ディング》の総体ではない」といふ『論考』の念押し命題の通り呼鈴がここでは「世界」を形成するのではない　注解者はこの日新宿住友ビル七階の教室でざつと四十人近い受講者歌人たちの新作一首一首に注を加へて春の日の午さがりをすごしたのであつたが「春の日の夕かたまけてわが夫《つま》は我を煮てをり炉の火の上で」（一部注解者による補修がある）といふ一首を提示して判断を迫つた一女人があつた　一瞬カニバリズムの歌かと喜悦し　連想は「大森貝塚」にわれわれの先史時代の祖先の人肉食のあかしを探しあてたエドワード・シルヴェスター・モースや東北は近世の大飢饉に際して幼児の肉を犠牲にした農民を記載した菅江真澄にまで及んだのであつたがそれは注解者のしばしば陥る悪しき深読みに外ならず実は愛情の極まるところ妻の肉をその一切の属性と共にどろどろに融かしてまでつまりそのレヴィ＝ストロースのいはゆる「料理の三角形」

にあてはめるなら煮るとは水を加へて肉を充分に消化できるまで注解しつくすことに同じなのであつてそれは注解者の否夫たる者の愛欲のふかさをとことん開陳した表現だつたのかと講座の終つたあとに気付いた　ウィトゲンシュタインことL・Wも「事実の総体つていふけどね、その場に起こつたことだけじやないんだぜ、事実とはその場に起こらないすべてのことを想定内にいれて成り立つてるのさ」（『論考』1・12）とうそぶいてゐるのであつてかの女人が本当にその夕べ鍋の中で（焼かれるのでもなく煙で燻《いぶ》されるのでもなく）水を加へて煮込まれたのかそれともさういふことは「起こらなかつた」といふ形で妻の想念のうちには「起こつた」のであつたらうかといつたことはともかく「世界は事実に分解され」「諸事態が成立する」（L・W）といふときの「諸事態」の中では次に注解しなければならない妃殿下の和歌が注解する者の前に静かに拡げられて一瞬のうちに注解を迫られたのである

2

妃殿下はいつも庭を背にしてソファに腰か
けてをられわたしは妃殿下のうしろに広い
枯芝の園とその向うの小高い常緑の林を見
つつご進講申しあげるのは三十分に満たぬ

春の勅題は「暖か」だつたり「群れ」だつ
たりするが歌の中の名詞を動詞化したり助
辞を変へたりして「事態」を動揺させるの
が注解者で時に妃殿下は異見を提出される

広い芝生の向かうを三頭の異様な動物が右
から左へ通過して行く　あれは夢ですかT《タ》
atsache《ートザッヘ》ですかとお訊ねするとマーラよと

仰せられる　南米原産ネズミ科の飼育獣

春の歌のご進講が終つて蕗の薹《たう》摘みのお供
をする芝生を横切つて斜面へ出ると枯葉の
あひだから数限りなく若やいだ緑の「事
実」が出てゐて「世界」が一気に春めいた

枯葉を払ひ土を掘つて蕗の薹のむしろ太々
とした手ざはりの彼方へ妃殿下の指がのば
されたとき三頭のマーラがすぐ近くまで駈
け寄つて来てさつと遠退くのがわかつた

＊『月蝕書簡』（岩波書店）は刊行前の本文コピイによる。『論理哲学論考』は山元一郎・飯田隆・野矢茂樹各氏の訳文を勝手にアレンジさせていただいた。

熊野《ゆや》

隣町の桜並木は一かたまりの雲のやうだとの噂
通りに面したマクドナルドの窓から
フライド・ポテトの端でケチャップを掬つて食べながらの
お花見をしないかと誘つてみた
〈プリンセスの意向にとまどふ御用掛《ごようがかり》〉なんて噂の花が
桜にまじつてちらほら咲き始めてゐるつていふ午《ひる》すぎに
無理矢理連れ出されて清水寺《せいすいじ》の山桜を見にゆく熊野《ゆや》

ほどのあはれさはどのみち僕《やつがれ》どもにはありはせぬが

二階さじきから打ち眺める玉三郎の熊野も　いま現前に
雲のむらがりの中から一枝一枝《ひとえだひとえだ》をきは立たせる染井吉野も
村雨に打たれて一さし舞ひ出でむとする気配

「馴《な》れし東《あづま》の花」の行方を思ひやりながらも哀惜する「都の春」
ふるさとに病む母へのまなざしと好いた男への愛のあひだで
枝と幹みたいに引き裂かれるマゾヒスム

〈ゆさゆさと桜もてくる月夜哉《かな》〉つて古句にもある通り
暴力をふるつて花を折るのが桜狩《さくらがり》の古式だつたのであり
仁左衛門演ずる平宗盛はにくにくしい力の象徴《シムボル》つてわけだ

男と女のあいだの仲介《メディウム》さくら木《ぎ》の

太くて黒い幹の根元ちかくに咲いてゐる小さな花たちを見つけて
注解する者とその妻は思はずそこへしやがみ込んでしまつた

＊「熊野」は歌舞伎座四月公演の一つ。
＊〈ゆさゆさと桜もてくる月夜哉〉は鈴木道彦（一七五七―一八一九）の作。「朧月夜に大きな桜の枝を肩にかついでくる男がある。花見帰りの酔狂のしわざであらう」云々。
＊宮内庁御用掛は注解する者のもう一つの仕事。

オネーギン　付薔薇の騎士

辞《や》めるといふ進退のとり方がありそのとき後任の人事といふうるさ型がつきまとふ。（むろん辞めたあとの生き方が問はれるのでもあるが）あかつきに起きて正岡子規の絶筆につき思ひめぐらす時、死も辞め方の一つだ、「ホトトギス」は虚子によつて継がれたと思ひ至り常任指揮者の退任についての噂には後任候補の投げ合ふ鉤やら花輪やらがとび違ふ。

その日雨は寒い春を演出し、変電所の火災は中央線の運行を寸断してオペラ「エフゲーニー・オネーギン」への道を多彩にした。タチアーナの詠唱は注解者の胸にいく分かは昔の嫉妬の炎の（苦しかつたなあ）ときを思ひ出させてゐるが、「ねえさうなのあのタチアーナ役の人も急な代役だつていふぢやない？」

先任の少女は色恋の上での前任者。その男を引き受けるふりをして身を引いたつてこともよくあることだ。たとへば「薔薇の騎士」のナイトのやうに好色の男爵をだし抜いて後任の席にすわるつて役回りもあるわけだが、所詮うまく入れ替るつてのはこの世ではむづかしいのだ。

前登志夫氏が腹水の中に鮠《はや》を泳がせながら急逝されてもその代役はなく、たとへあつても親友レンスキーを決闘で殺したオネーギンのやうに意気消沈してしまふ方がむしろユニヴァーサル。

誰も先行する人の「穴」は埋められはしないつていふときの「穴」。そこには左足をはまり込ませる力があり下肢の骨の骨膜に微細なひびを入らせてしまふ。とすればうかつに「穴」は埋めない方がいい、土以外では。

バロンつて人のすつきりした上背《うはぜい》にはをさをさ劣らないとしても、

去つて行くタチアーナの声により添ふわけにはまいらぬのが後任をうかがふオネーギンの辛いところ、「死だ！」なんて叫びながら階段をのぼつて行くかれのうしろで幕は下りた。

「それで骨膜の損傷はいつごろ完治するつてことですか」と幕間の会話のつづきをやりながら上野駅パンダ橋のたもとの小料理屋で穴子の一本揚げを注文し、事のついでに後任人事について思ひを深めたりして。

後任つてのは恋が死へ行くぐらゐ怖ろしいつて言ふが、思へば戦争つてのもたくさんの主役や正指揮者を殺して戦争のあとに無数の代役を立てる大きな穴ぼこだつたんだ。哲学者ウィトゲンシュタインの愛人ディヴィド・H・ピンセントは第一次大戦によつて殺されルートヴィヒは生き残つた、それも激烈な戦闘に耐へて。このときこの陸軍少尉のバッグは後の『論考』のためのノートで一杯だつた。だからこそ哲学史を一変させるやうな本が出来たつていふが、塹壕《ざんがう》の中つて、もしかして前の時代の主役があとのそれと入れかはる場所。

ナチの捕虜収容所もシベリアのラーゲリもさうだ。そして焼夷弾の火に頬を焼かれながらでも生き残つた〈注解をする者〉の世代には運命愛《アモール・ファティ》の名のもと代役のそのまた代役をつとめながら過ぎた六十幾年があつたともいへるのだ。

「死だ！」と叫ぶかどうかは別問題。今もしづかに By the Book《かたのごとく》 交替劇はひそかな照明の裡に進むんだし、といひながらまた辞めるつて決意が決意なんていへるやうな鋭利さでは再び呼び出されて来ないのはなぜだ。「オネーギン」だつて「薔薇の騎士」だつてみな若い人の物語、ウィトゲンシュタインの『論考』は二十九歳で完成しかれはその後いくつもの職に就いてはそれを辞めて第二のウィトゲンシュタインに変身した。しかし老いのあとにはもはや「死」の外に後継人が居ないといふのも事実なのである。


*「エフゲーニー・オネーギン」は「東京オペラの森二〇〇八」のリハーサルの日の所見。

百年の後

「向ぅ岸に菜を洗ひゐし人去りて妊婦と気づく百年の後」（前登志夫）を五行に分けて板書してゐると教室のあちらこちらで笑ひ声が起きるので耳ざはりだと思ひながらとはいつても「百年の後」の結びの四文字を書くまでは失笑はされなかつたのだから此の五音四文字が人々の意識の歩みをつまづかせたに違ひなくさりとてここで振り向いて注解をするのもあざといやうでむろん「妊婦」つていふのがかつて妊婦だつたことのある聴き手たちを刺激したのにはこちらが「思想」の外は懐妊したことのないジェンダーであつてみれば

（二三のわかりやすくまた周知の前例をあげる気にもならないほど重い性差のひびきが笑ひにはこもつてをりさう思つて改め て読み直してみれば「向う岸」も或いはそこいらの野川の向う岸ではなく対岸のかすむ大河かも知れず見えもしない「菜」の青さも大儀さうにかすかに膨れた腹部を両脚の力で回転させつつ遠ざかる女の姿も実は見えないものを見てゐるのかも知れず「自分をあざむかないといふほどむづかしいことはない。」（ウィトゲンシュタイン）と呟く結果になるのではありはせぬかなど思ひ直してやうやくのこと教室に並みゐる異性たちに立ち向かつた注解者の心根はあはれといふも愚かであつた

帰つて来て注解者の打ち開いた「周知の前例」の一つは思ひもかけない記憶の変形をうけてあらわれたのであつてそれは「動作」と名づけられたジュール・シュペルヴィエルの「馬」であつたが「ひよいと後《うしろ》を向いたあの馬は／かつてまだ誰も見た事のないものを見た／次いで彼はユウカリの木蔭で／また牧草《くさ》を食ひ続けた」堀口大學

訳で一読した人は当然「馬がその時見たもの」を忘れることはないであらう「それは彼より二萬世紀も以前／丁度この時刻に、他の或る馬が／急に後を向いた時／見たものだつた。」のでありそれは今後未来永劫に「人間も、馬も、魚も、鳥も、虫も、誰も／二度とふたたび見ることの出来ないものだつた。」と何故この詩人は断定することができたのだらうかといふ点についてさへ少年の日にこれを読んで驚嘆して以来今まで注解を加へることもなく過ぎたために「二萬世紀も以前」といふ時間の規定をこともあらうに「百年の後」と並べて全く方向も時の長さも混同して覚えてゐたのではあつた二百万年といふ時を距てて二頭の馬に「ひよいと後を向」かせることが詩の骨子で「まだ誰も見た事のないもの」を見るためには実は牧草地の馬でなければならず再び同じ「もの」を見るのは長い時の経過をへたあとの同じ牧草地のもう一頭の馬だけに選ばれた運命でありたあとで何食はぬ顔で草を食べつづけたとしてもその残像はかれを詩の中に焼きつけるほどに強烈な「もの」であつたに違ひな

い

前登志夫が見た川の向かうの女は一見してなんでもない家婦のやうに見えたのであつたが見るものの意識の底になにか重い錘鉛をおろしたのであつて妊むことのないしかし妊ませることはありうる性の奥にその女の残像は洗ひ終へた菜の青さと共に長く残つたと見てよく「百年」ほど経つたらその真相は明らかになるべく「私が対象を捉へるとき、私はまたそれが事態のうちに現れる全可能性をも捉へる」（L・W）といふ力強い断定をたよりに考へれば女は妊婦である可能性を除外されることなく前登志夫の或る日の意識の中を通過したと覚しい　してみると「百年の後」とは八十二年の天寿を終へた歌人の「事態」の只中で「妊婦」はまだ可能性のうちに留まつてをり五十年前そのことを歌のかたちで予言し得たとはなんたる詩語のあやかしであらう

板書を終へて「ひよいと後《うしろ》を向いた」注解者の眼には失笑のあとの恥ぢらひを満面にうかべた人々のごくありふれた景色だけがぼんや

りと見えてゐたのも幸ひといふべきで次の話題へそそくさと移行することによつてひよつとしたら見られたかも知れぬ「誰も見た事のないもの」は見ることなく過ぎたのであつた

リハーサル

夕ぐれ宮殿に続く庁舎の一室を訪れる
隣国の大官胡氏を迎へて行なはれた晩餐会から二日
迎賓の苦渋はなほ重くよどんではゐるが
とはいへ官人たちの面にはやうやく安らぎの色が漂ふ

注解する者は〈オネーギン〉のタチアーナ役以来あとを引く
後任人事について低い声で話さなければならない　うす墨いろの
夕景にふさはしいといへばいへる話題ではあるが

（誰の後任かつて　それは言はない）

ユーラシア大陸に強国が生まれて島国と相対《あひたい》したことは
ヨーロッパでも東アジアでも古来算へ切れないほどあつた
高官たちは互恵のためまた脅《おびや》かしのために行き交ひ
晩餐会は外交の場となつて栄えた

「晩餐会つてリハーサルやるんですか」
「もちろん　その時リハにおける代役は官人がつとめるとしても　さて」
皇帝《エムペラー》とその御后《おきさき》の役は無理に立てない慣ひ
（外国の賓客夫妻は誰かがやつてみせる）

ナポレオンとジョセフィーヌはどうだつたんだらう
ハプスブルグ家の宮殿では誰がリハーサルを予行したのであらう
日銀総裁とその代行がありうるみたいに

本番とリハの間にはかすかなへだたりの水が光つたであらう

本命だつた筈のタチアーナ役の歌手は
ロシア語の発音にやや難があつて役を下りて
代役の少女の声しか知らない聴衆われらは
惜しみなくブラボオを連呼した

「しかし宮廷晩餐会のリハはそれとは違ふだろ」
「そりやさう　本番ではリハの官人は皆消えるが演習通りの歩速で主賓もそれを
　迎へる人も
歩む　まれに立ち話のハプニングが長引いて音楽が先に終ることになつても
外交の儀礼に一点のさし支へもありはせぬ」

窓の向かうはまつくらになつた帰りの刻
「隣国の大人《たいじん》は今ごろ奈良でご先祖さまのもたらした仏像を見てゐる頃でしよ」

件んの人事の件はほとんど決まり
この方はリハ抜きで本番が始まることになりさうだ

『おくのほそ道』（安東次男）注解

わたし注解する者は注解と注釈の違ひについて多少気にしないではないが「解」も「釈」も溶解することだらうと思つてをり、たとへば安東次男が芭蕉の創作『おくのほそ道』を「句まじりの紀行文として読むのと」「俳諧の一躰として読むのと」では全くちがつてくるので『ほそ道』を連句のやうに読むなら「細糸を縒合《よりあは》せて綱にする」ためには、注釈といふ方法以外ないのだよと言ひ放つてゐる、その態度は安次《あんつぐ》さん（わたしは金子兜太の会で一度お目にかかつたことがあるだけだつたが）流火艸堂主人として若年のみぎり物された「てつせんのほか蔓ものを愛さずに」に既にその好尚や意志はおよそ鮮かにみてとれるのである。それにしても「注釈」はテクストを溶解するのではなくどうやらテクストにひそむ糸をより合はせて綱にすることらしいとすればわたし即ち「注解」するものの指の動きとは違ふ。安東さんは『ほそ道』のテクストとして一応「素竜清書本」を用ひたが現在用ひられてゐる本には編者つまり芭蕉以外の人が勝手に「任意の改行」をしたところがあるのは面白くない、自分は紀行文を読むのではない、これを俳諧の一種として読むので改行を元の形にもどして置いたといふのであつた。『おくのほそ道』(古典を読む2、岩波書店、一九八三年刊)の「あとがき」には、その一つの例として「市振」から「那古の浦」にわたる章節を挙げてゐるのがおもしろいのである。なぜなら『ほそ道』の中で唯一女つまり新潟の遊女が出て来る場面がそこなのでそれは連句俳諧にすれば恋の座をここに比定できるからだ。むろん言ふまでもなく芭蕉のすぐれた創作なのであつて(話を急いでも仕方がない)原文を現代風に飜してみる。

「今日は親しらず子しらず、犬もどり、駒返しなどといはれて怖れられてゐる日本海の渚添ひの道、北国一の難所を越えて疲れはててしまつた。(といふのも何しろ山が海に迫つてゐて、波が引いてゐる間に急いで渚の道を通りぬけ波が寄せてくる時は岩かげにかくれて波をさける、そのやうにして通過する外ないところなのだ。同行した曾良の日記には「早川ニテ翁(芭蕉)ツマヅカレテ衣類濡《ヌレル》。川原暫《シバラク》干ス。」とあつて四十六歳の芭蕉がころんで衣類を濡らしたとありむろんそんなことは『ほそ道』には書いてないが北国一の難所でもさまざまなエピソードがあつたであらう。) さて疲れはてた芭蕉は眠らうとしたのであるが、その宿の一間へだてた玄関側に若い女の二人ばかりの声がきこえた。そこへ年老いた男の声も交へて話をするのを聞けばどうやら「越後の国新潟の遊女」一行らしい。(隣室とはいへ話はつつぬけである。それは宿の構造によるので、その点、芭蕉たちが奥羽山脈の奥まつた村に泊つた時などは「蚤虱《のみしらみ》馬の尿《しと》する枕もと」といふ吟詠にものこるやうに、枕もとで馬の排尿の音さへしたが、間違へてはいけない。これはボロ家だつたわけでなく豪雪地帯特有の家屋構造で豪農の家には母屋の隣りに馬部屋があつたのだが、芭蕉の虚構癖はこれを利用して一夜の宿のあはれさを演出した。）さて、その夜芭蕉は遊女たちの身上話を盗みぎきしながら寝た。そして翌朝になつて伊勢参宮にこれから出かけるべく行方をあやぶむ遊女二人が、せめて僧形のあなた方のあとを見えがくれにでもついて行かせて下さい、そして仏のめぐみを私共にもお与え下さいといふのであつたが、それはできません、人の行く通りについておいでなさい、きつと伊勢の神様が守つて下さいませうと言ひ捨てて出たが哀れの思ひはおしとどめがたかつた。」

というところまで散文で来て、

一家《ひとつや》に遊女もねたり萩と月

となるのだ。以下芭蕉の原文によれば、
「曾良にかたれば書《かき》とどめ侍《はべ》る（注、この一行が曲《くせ》ものである！）。くろべ四十八が瀬とかや、数しらぬ川をわたりて、那古と云《いふ》浦に出《いづ》。担籠《たこ》の藤浪は春ならずとも、初秋の哀《あはれ》とふべきものをと人に尋《たづね》れば、是《これ》より五里、いそ伝ひしてむかふの山陰にいり、蜑《あま》の苫《とま》ぶきかすかなれば、蘆《あし》の一夜《ひとよ》の宿かすものあるまじと、いひをどされてかゞの国に入《いる》。

わせの香や分入《わけいる》右は有磯海《ありそうみ》」

となつてゐるわけだ。この章が俳諧の恋の座にあたるとすれば女が出て来ただけでは駄目。遊女と僧形二人との一夜のかかはりがほのかに暗示されてゐなければならない。それでなくては翌朝涙と共に同行をせがむ二人をにべもなくことわるといふ一場面の深さは出て来ないだらう。だから無情な仕打ちをした芭蕉は、歌枕を尋ねるべく担籠《たこ》の場所をきいたとき土地の衆にぴしやりと断わられる場面をもつて来てバランスをとつた。なかなかのレトリックではないか。安東説で腑に落ちないのは「萩と月」の解で「同宿して、偶《たまたま》いつしよに眺める羽目になつた庭前景と考へればよい」だつて。ううむさうかなあ。「遊女」は単に遊芸を売る女ではないのは言ふまでもない。安東さんはさらに言ふ、「遊女の方は、萩に月は似合《にあひ》と思つて同意をもとめるが、僧形の俳諧師は、首を縦に振らぬといふところに滑稽がある。」と。これならいささか納得がいく。芭蕉の翌朝のすげない別れは、つまり前夜の遊女との交渉の反響だつたとうけとれるからだ。

さうだ、言ひ落すところだつた、安東次男が『ほそ道』の多くの版本が勝手に「改行」してゐることに不満を抱いた旨さきに言つたが、「一家に遊女もねたり萩と月」のあとのところに「曾良にかたれば書とどめ侍る。」と来て、そのあとの所がそれだ。普通の版本はここで一区切りとして改行する。紀行文としてはここで区切るのが順当だ。しかし俳諧として、つまり散文詩として眺めるなら、「曾良に話したら曾良の日誌に書きつけてくれましたよ」から「黒部四十八が瀬とか言ふ数しらぬ川をわたつて那古へ出た。」といふくだりへは直ぐに続けるべきなのだ。飛躍があつた方が、川はわたり易い。「注釈」だと力説しながら安東の筆は詩に近づく。実は『ほそ道』本文からわざと削除したと思はれる無季の句に

海に降雨《ふる》や恋しき浮身宿　（『藻塩袋』）

があることを安東さんは強調してゐる。「浮身」とはなにか。「越前・越後地方の遊女の一種。旅商人などの滞在中、相手となつた女の称。」（『広辞苑』）である。他の文献ではさらに細かく「越前越後の海辺にて布綿等の旅商人逗留の中、女をまうけ衣の洗ひ濯ぎなどさせて、ただ夫婦のごとし。一月妻といふ類ひ也。此家を浮身宿といふ也」といつてゐる。芭蕉が『ほそ道』の旅中、新潟に泊つたのは

七月二日で雨はあがつてゐた。とすると新潟つぽい感じの句「海に降雨や恋しき浮身宿」は、あとから出来た句だらう。「実際に海に降る雨を眺めながらの吟ではなく、想像句であらうか。大工源七なる者の母親から浮身の哀れ深い話を聞かされて、出来た句であつたかも知れぬ。」(安東)

安東さんのは実にやはらかい注釈なのだよ。「海に降る雨」から「どこか日照雨のやうな明るさと、一種の静かに浸み透つてゆく快さ」を感じとつてゐるのだからね。「旅商人は、長雨で足留めをくひながら、かへつて女に情が移つてゆく自分を感じてゐる。芭蕉は浮身宿の心をさう読んだの」であり安東さんもさう読んだのである。すると、『ほそ道』推敲の二年半のあひだに芭蕉が消してしまつた「海に降雨や恋しき浮身宿」はいつのまにか時と所をわづかに変へて「一家に遊女もねたり萩と月」にメタモルフォーシスをおこした。「曾良にかたれば書とどめ侍る」とわざわざ念を押してゐるのに、実は「曾良旅日記」には一言も「書とどめ」られてゐない。芭蕉がころんで衣類を濡らしたことは書いてあるのに、である。随行する曾良の日誌の存在を知らなかつた筈はない芭蕉が「曾良にかたれば書とどめ侍る」とはなんたる滑稽、なんたる挨拶であらうとも思ふが、この一行をはさんで「一家に遊女もねたり萩と月」と「くろべ四十八が瀬」から「わせの香や分入右は有磯海」にいたる韻律ある文章が相対峙してゐるのは壮観である。「韻文として構想されながら、中途でたつた一箇所、韻律を狂はされたところのある複合文こそ、あり得べき最高に美しい散文を生み出す」（ヴァルター・ベンヤミン）の「散文」を散文詩とよみかへながら、注解者は、すぐれた注釈者にみちびかれて来た『ほそ道』の旅をここで一たんとどめて、「蘆の一夜の宿」をさがすことにしたい。いや此の注解「海へ出ぬ川かもしれず草紅葉」（流火）ってところかもしれないとは覚悟しているのだが。

教授と「おくのほそ道」異聞

1

早速ですが教授　あなたのおつしやるところによれば江戸は元禄のころ稲の品種改良がすすみ早場米が市場に出回るやうになつたと米は古来の自家消費物のつましさを脱却　売れる品目にまでのし上がつた　といふわけで　わたしたちの皮下にうつすらと脂肪がたまるやうにはじめはうつすらと次第にむくつけく農民層の皮下に財がたくはへられ（マルクス主義風の文言《もんごん》はわれわれ世代の痣ともいへ

る）いはば階級の裂け目ひび割れによつて貧困農人と富農がこの細長い列島のいたるところに　まるでしろがねの水脈《みを》の海面を分けるやうに拒てられて行く　つてわけでさ　いや昨日の話の続き例の芭蕉の「おくのほそ道」新潟の遊女と別れたあとの名句〈わせの香や分入《わけいる》右は有磯海《ありそうみ》〉の早稲つていふのも教授のおつしやる品種改良の末に中稲《なかて》晩稲《おくて》のなかへ分け入つて商品化された早場米にちがひない市場に前年の米の備蓄が夕月のやうにうすれる頃高値を予想して作られた新品種だとすれば芭蕉翁が「わせの香」を嗅ぎつけた鼻の背後には社会経済化された禾本科植物のかをりがふんだんに漂つてゐた　農民富裕層のよろこばしき階級性をかぎとつてゐた　といふわけですな　北国は秋が早い米どころ越中の早稲田だよといふ風土性の強調だけでは読みが浅いとおつしやりたい　注解する者はそこまでは深読みしませんしそれより音韻が気になります　ローマン・ヤーコブソン流に言つて母音三角形のａ《エイ》　わせのかやわけいるみぎはありそうみ　のわかやわはあ　が五・七・五のすべての句の頭に来

てゐること　その間の鋭いi《アイ》母音いぎりみが対立する構造しかも子
音三角形における軟口蓋閉鎖音K《ケイ》が「香」といふ意味の上の焦点つ
まり芭蕉の鼻粘膜の上に貼りつく　お判りかなお判りではあるま
い　近世農業経済がご専門の教授の旧著今なほ芳香を発してやまな
い行間にわたくし注解者連《づ》れの落書きをさせていただいたまでのこ
と

2

世には落書きをしたくなるやうな僧院の壁があり首をへし折りたく
なるやうな花たとへばアガパンサスの紫の集合花序もあるのを義歯
の型どりをしてもらつたあとの散歩帰りにさきほども見て来たので
したが……

3

ところで教授　あなたが昔媒酌して下さつてあなたの門下の経済学徒と結ばれたわたしの妹が亡くなつてから四年目の夏が来ようとしてゐます　あの時はをかしかつたまだ若かつたわたしはあなたの目白あたりでしたつけお宅へ押しかけて行きこの（わが妹の）結婚は急いぢやいけないと異をとなへたのをお勝手で聞きながら思はず笑ひ声を立ててをられた奥様のことを憶ひ出します　妹はあれから四十数年生きて最後は自死でしたがこの結末は教授のあの折のおはからひともまた晩年の妹をほとんど知らなかつた七歳上のこの兄とも直接関はりはございますまい　それに教授　あなたももう何年か前にこの世を去つてをられる　偶然あなたの旧著の欄外に落書きをしてゐるうちに亡き妹がぼんやりと行間から立ちあらはれたにすぎません確かに若いころ旧制高校のわたしの友人がまだ中学生だつた妹と恋仲になつたときわたしは激怒して友情を捨て妹の聖性を守らう

としましたし父の意を体して教授の家の扉を叩いたときもまた妹の結婚披露宴の間中私語し続けて叔母たちの顰蹙を買つたのも本当ですが美少女だつた幼少期を除けば聖処女乙女座のカスピだつたことはありませんでしたたしかに兄と妹の間には微妙な雲の流れがあり宮澤賢治と妹トシの場合のやうに文学的に生産性の高い事例もありますがわたしの場合はそれとは比ぶべくもなく相手が天空の銀河とすればわたしのはそこいらの二級河川ぐらゐごく地上的に平板でしたもつとも野の川の穂草のなびきも決してわるくはありませんがね妹はジェーン・オースティンを専攻したあとルーマニアの革命文学の飜訳に転じ大使館に勤めたりしてチャウセスク派の抗争にまき込まれたりしましたからこの移り気な兄よりふかいところでマルクス・レーニンの徒だつた筈しかしかういふ噂もむかしむかしの聖処女像とは一向に矛盾するところはなかつたそれにわたしは「美しい詩だと一生を思つてみる藁灰《わらばひ》になつたあとでも麦だ」という挽歌一首をすでに妹に捧げてゐます（さうかあの歌の「麦」は〈穂麦を持つ

聖処女マリア〉をいくらかはイメージしてゐたのかな）自死の状況ですかわたしには判りません加齢による鬱の果てに戸をあけてこの世の外へと飛び去つたのではありますまいかなにしろ藁灰ですから

4

ところで教授　元禄の話に戻りますが「おくのほそ道」による落書きの続きですけれどね　越後出雲崎の吟とされてゐる「荒海や佐渡によこたふあまの川」といふ七夕の句があります　芭蕉自身「ほそ道」とは別の俳文「銀河ノ序」で佐渡が島のことを「むべ此島はこがねおほく出《いで》て、あまねく世の宝となれば、限りなき目出度《たき》島にて侍る」と言つてゐます　教授によると元禄のころにもなると農民の年貢率が年々下降幕府財政を圧迫しつつありました有数の金産出を誇つた佐渡はただの目出度《めでたき》島だつたわけではなく後に新井白石が嘆いたやうに生糸を始め輸入ばかりで輸出のない片貿易の結果旺盛に国外へ流出する金や銀の現実こそ荒海の上に身を横たへる銀河つてわけでもあつた「横たふ」の語法に漢文訓読法から来た慣用をみたりする「一種の再帰的絶対動詞の語法を兼ねてゐる」（安東次男）といつた文法論議も今は棚に上げませうまた「あらうみ」「あまのがは」の頭韻に顕著な母韻子韻分析も止めて置きます　貿易赤字説の方が佐渡の流人を脱出させるための小舟をわたす隠喩（よこたはる天の河）といふうがち（安東による）よりもずつとおもしろくおもしろうてやがて悲しいほどなのです　さて教授　芭蕉を金沢で待つてゐたのは俳人小杉一笑の前年の冬の死の知らせだつた　「塚も動け我《わが》泣《なく》声は秋の風」「あか〱と日は難面《つれなく》もあきの風」「むざんやな甲《かぶと》の下のきり〲す」といつた弔句挽歌がぞくぞく出て来て再び妹の死を憶ひ出させました　と言つた時注解する者のうちにひそむ疑ひ鳥が啼いた　教授つて誰なんだ実在したのかしたのなら名を告げよつてね　もしも教授が注解する者による虚構ならば君よ同じやうにあの妹もはじめから非在だつたといふことになるんぢやないか知ら

夏日断想集

1 「賀茂川の対岸をつまづきながらやつてくる君の遠い右手に触りたかつた」といふ歌を若い女性歌人が提出したとき「雷雲が圧迫してやまないためなのだろう特別にまた来日《らいじつ》のない憂愁の中に居たことであつた」と私も同じ座の文芸に参加して苦しげに歌つた「来日」といふ漢語が嫌はれて入点した数はその女流が四私は零だ「つまづく」より躓くの方がいいのになあ「汝をして躓かしむる力は汝をして立ち上がらしむる力なり」（チマブエ）

2 「猫のことを猫と呼ばなくなつてゐる」と修辞学者が言ふこと

は判る人名が猫を規定するつてことだなににせよ濃い直接の言ひ方は避けられる「名前はまだない」つてのが本当なのであるそんな消し方のために消しゴムの屑といつたら机上の鼠の大群だ一日中消しゴムの屑を作つて否鼠を生産しながら過ぎた消されてはかすかに怒る文字たちはそれでも残つた文字を羨むことも恨むこともない「さびしくはないか味方に囲まれて」（佐藤みさ子）

3「細部」とは魅力のある言葉だが多分SAIBUの母音配列が効いてゐるためだらうと昔の教師が言つてゐた細部つて微細な部分といふ定義では不満で花ならば蜜房の香りつてところだ西欧では神のまします場所東洋ではそこに汗くさい人を置く　路傍の花を見てゐるうちにバスがやつて来た行先のちがふバスのうしろにかくれるやうに行先の正しいバスがやつて来て蜜房探しは終る「一羽の小さい青い蝶が風に吹かれて」（ヘッセ）花の上を飛ぶ

4「一行なき一日はない」（プリニウス）はヴァルター・ベンヤミン平出隆を経て来た思想でしかし「戦争」つてことばぢや無い死者

のない一日は無い「多くの言語では時間の表示が動詞の形式いはゆる時制《テンス》によつて言ひ表はされるドイツ語で動詞は時間語《ツアイトボルト》」つて言ふのださうだが「驚くかおどろくべきか風の向《むた》この部屋に死ぬ無数の胞子」といふ場合「驚く」も「おどろくべき」も時間を直接に表示してゐないのは日本語では助動詞が時の王だからだ

5　京都寺町通りの夏至をすぎた曇り日の下を歩いた注解する者の妻はいきいきと歩き注解する者は奈良の古寺をいくつか回つた足を引きずりながらうつむいて歩いた「義務はひとつ、それは幸福になること――自分自身のために」（ジャン・グルニエ）すると妻は突然「ちよつと待つて」と言つて通りを北へ引き返し始めたので「いいよ」と言つて同行した（「京都」とか「寺町」とかコンセプトに捕はれて歩くのは愚であるが注解する者は愚者なのであつた）妻が竹細工店に入つて印判を作らせてゐるあひだ注解する者は偶然その向かひにあつた古書店をひやかしながら汗を収めようと思つたのに店頭に高々と積まれた二百円均一の本の山の頂上に堀内通孝《みちたか》歌集『丘陵』（八雲書林昭和十六年刊）があつた「買つて下さいよ」と本は言つて居たこの著者は父の友人で斎藤茂吉門下の四天王と呼ばれたうちの一人とはいへこの本は昔読んで手放した一冊だつたから買ふいはれはなかつたそれでも妻を待つてゐる時間をその本とその本の著者への追憶で消したかつたからだらう暗い店の奥の老主人の前に置いて買つた堀内通孝は四天王でも広目天かな多聞天かな昨日観た法隆寺金堂の四体になぞらへれば大銀行の都内支店長を勤め最後は理由のわからない自死だつた霊南坂教会の葬儀には父の代理で行き先輩歌人たち（四天王のうちの二人も居た）の固くて冷たい表情に驚いたのだつたと回想するうちに向かひの店から晴れやかに妻が出て来た

6　丼の字はどんぶりであるが丼《せい》と訓《よ》み井げたの囲む「丶」は青く澄んだ水を表象するときけばわれわれの象形文字は「命題は現実の像である。」（ウィトゲンシュタイン）の真理を主として表音文字しか知らない哲学者よりも察することができる「文字丼《せい》の井げたのかこむ蒼き水それに口づけし若きころあはれ」とも歌ふことができるし丼《どんぶり》をSEIとよむときあちらこちらの深井や浅井に汲んだ水が思われしかし現実にはここデパートの八階レストランで丼の青い水にうかぶカツを食べてゐる要するに味覚のいちじるしい衰へを知識で補はうといふ魂胆だ　漢字の訓に淫してはならないとは一つのいましめ「心酔したあとでその酔ひからさめることが必要である。」（オスカー・ワイルド）結局は丼といふ出題には答へることが出来ないまま去つた寂しいよなあ老いるつてことは

7　不意に来るめまひはコピイ機の前で不意に来るねむけは部屋の中である　遠い日の会合の記録が出て来た子規記念博物館の講堂だ前こごみの姿勢のまま話した記憶を記録の上にはりつけて暫く坐つてゐた　窓を明けて風を入れたが何も書くことはない　と書いてゐるうちに今日果すべき数箇の命題がうかんで来た　とはいへさはつてはならない領域がありさはらないことによつて保証されるもう一つの流域がある　他国の大地震や他国の紛争によつていけにへにさ

れる詩や思想があるのだかどうだか冷房のうんと効いた部屋で他国から来た肉やくだものを食べて笑《ゑら》ぐ隣りの国の住人にはわかりつこないといふ注解も充分ありうるところだ

注解する宣長

原典はあくまで主人であるがその注解は必ずしも従者だとはきまつてゐないことがたとへば本居宣長つて人の『古事記伝』を『古事記』への注解として読むといふときに和銅五年七一二年の正月に生まれた主君に対してはるかな後世である十八世紀も中葉天明初年三十五歳の少壮学徒宣長にして小児科開業医が伊勢の国松阪のあの鈴の屋の随意取りはずしのできる階段の上の書斎でといふことは階《きざはし》を引き上げることによつてさきほどまで薬箱をさげて患家を回つてゐた俗世間からきつぱりと手を切つて一筋に千年前の古代王朝の記録に対

して注解する者として仕《つか》へまつることになりさうだが宣長ぐらゐの注解の達人にしていささか妖怪じみた存在になると話は違つてくるのであつて（といつても例をそれも適切な実例をあげなきや誰もうんとは言ひはしない！）そこで宣長が三十五年の長期にわたる仕事といつたつてかれのひそかな愉悦だつたともかんぐられもするのだがその後期六十歳にならうとする寛政元年のころ筆を走らせてゐた『古事記伝』二十六之巻景行天皇記つまりもうもうたる神話の霧の中のヤマトタケルといふキャラに目をやつて宣長先輩の注解者ぶりを調べてみるとこれがまことにすさまじいのであつた

「此天皇《このすめらみこと》（景行帝のこと）は針間之伊那毘能大郎女《はりまのいなびのおほいらつめ》（にみ合ひまして、結婚して）生ませる御子《みこ》櫛角別王《くしつのわけのみこ》次に大碓命《おほうすのみこと》小碓命《をうすのみこと》亦《また》の名は倭《やまと》男具那《をぐなのみこと》。」といふ原典本文に対して注解する文章の長いこと細かいことあるいは日本書紀その他と比較考証し時には師の賀茂真淵の説くところを「師の説はあやまりであつた」などと鋭くとがめる現代の注釈本にはある枚数制限が宣長にはないといふのがまことに自由

で爽やか次から次へと屈託のない空想は拡がつてゆくままに注解も書き加へられていく
大碓命小碓命は双生児《ツインズ》その母は二人を次々に産みおとすために苦しみ父である帝《みかど》はそのあまりの異様さに碓《からうす》に向かつて叫び声を放つたと伝へられ碓とは柄臼《からうす》であり穀物を白《しら》げつき砕いて粉にする農具であるといふ解説から始めてかれは和名抄や万葉集の宇須《うす》の例歌まで引きさらに「どうして父王は碓をののしつたのだらうか」と自問し「碓《からうす》には所以《ゆゑ》ありし事なるべし（なんか理由があったのだらう）」とだけ口惜しげに答へてゐたそれでも三河国《みかはのくに》の猿投《さなげ》神社には「碓を忌む」（宗教上の禁忌とする）習俗があるその神社は景行帝を祀《まつ》るといひあるいは大碓命を祀るといふがそれが大碓小碓命名と関はりあるやも知れないと付記してゐる現代の注釈本は難産の妻の回りに夫が臼を背負つて歩き回り妻を励ます民俗風習の存在をこのくだりにそつと書き加へたりするが当然臼と杵は男女両性の性器の喩としてユニバーサルであつてみれば産室をめぐつて踊りよろめく男の背や肩

に重い臼が載つてゐてもをかしくはないなどと一言この注解する者も小声でつけ加へたくなることほどさやうに宣長の注解の筆は微細である周知のやうに小碓は兄である大碓を殺害しその荒ら荒らしい所業によつて父王から九州の熊曾《くまそ》征伐に追ひやられるのであるがさういふおもしろいドラマ的展開の速度に対して宣長は同調しない人名地名時間等の記載について長い長い注解をこころみるかと言つて文章は明確で律動に富むから読んで飽くことはないが原典はつねに遠ざけられ目的地はどことも知れないほど注解の小道わき道に怖ることなくむしろたのしげに分け入る小碓命が大碓命を殺す場面で「朝曙《あさけ》に厠《かはや》に入りし時、待ち捕へて搤《つか》み批《ひし》ぎて、その枝を引き闕《か》きて薦《こも》に裹《つつ》みて投げ棄てつ。とまをしき」（岩波文庫による。『古事記伝』は漢字文に宣長だけが正しいとする訓《よみ》をルビとして加へてゐる）といふ高名な箇所がある小碓は厠で相手を待つたのはなぜだトイレへ入るときは武具を脱いで無防備になるからだと宣長は答へ「これは厠に自分も入つて兄の来るのを待つたのではあるまい兄の入つたのをたしかめて自分も入つたのだらう」とか枝とは四肢だが特に上肢つまり手でありそれを上体から引きさいて薦でくるんで捨てたといふが「実は手をもいで捨てたとしたつて必ずしも人間といふものは死ぬとはきまつてないんだよ」などと一言付け加へるのが小児科医でもあるものの真骨頂だらうそういへば熊曾征伐の時熊曾タケルの兄に対しては「衣《ころも》の衿《くび》を取りて、劔《けん》もちてその胸より刺し通し」たのだから心臓に達して即死だつたらうが弟熊曾タケルの場合「その背皮《そびら》を取りて、劔を尻より刺し通したまひき」とあり相手が苦しい息の下からなにか言ふのを聞いてやつたあとの「熟瓜《ほぞち》の如《ごと》振り折《た》ちて殺したまひき」といふ凄惨なシーンについて注解しつつ宣長は眉ひとつ動かすことのないまま冷静に筆をすすめ「尻」から刺すとき「背皮《せのかは》」をつかむといふのは合理的でないこれは衣の背を摑んだのだらうとか劔は下腹部（小腹《ほがみ》）に達しただけだから即死ではないまた熟れた瓜のやうにばらばらにしてしまつたとは云々《うんぬん》であり然《しか》じかであると詳細な考察を加へて飽きない一体原典の数十倍もある注解つてなんなのだらうその主人を弑するとまでは言はぬまでも主人を超克し超越した異物怪物のたぐひではないかと思はれて背筋が寒い

建《たける》の妻

一つの恋を喪ふことはもう一つの別の状況《シチュアシオン》を獲得することである
一人の媛《ひめ》を捨てることはもう一人の困難を抱へ込むことに他ならぬ
熱田の美夜受比売《みやずひめ》と帰路の再会を約束した建《タケル》の一行には
弟橘比売《おとたちばなひめ》がゐてもう一つの苦境のたねにはならなかつたか

弟橘比売は焼津の原の火中に立つて「さねさし相武《さがむ》の小野《をぬ》に
燃ゆる火」のやうな愛を賛《たた》へたが嫉妬の火ではなかつたかそれは
それかあらぬか比売は海神の嫁となつて建のもとを去つた

男女のあたらしい困難に耐へる場所としてこの人は海を選んだのだ

散文を捨てたときに散文から棄てられ詩を獲ては詩に苛《さいな》まれる
プロオズとポエムなんて呼んでも無駄なにしろ韻《ライム》が揃はない
帰り路で再会した美夜受比売《みやずひめ》には草を薙《な》ぐ散文の劔を与へた
まあつるぎを抱いて寝よと言つたんだらうそして死の待つ伊服岐《いぶき》へ

つるぎを捨て詩の国へ逐はれたかれの胸の中に降ることばのしぶき
東国を捨てて大和を得能煩野《のぼの》といふ野を棄て白鳥の天を獲た

自叙伝を書く原つぱ

自叙伝を書くといふので幼年のころの原つぱまででかけた
原つぱには思ひ出といふ魔ものや妖怪がいつぱい
わたしの着ものの裾にからんだり脛に嚙みついたりした
やめろ君たち　俺はうしろ向きが嫌ひだ過去はつねに前方にある

とはいへ原つぱには母親みたいな蝶もゐて昔と同じにおしやれだつた
「天よりもかがやくものは蝶の翅*」つて歌つて見送つてゐると
父そつくりの牛がゆつくり草を食みながら仕事の算段をしてゐた

「牛の眼の繋《つな》がれて見る秋の暮」* つて唄もきこえたりした
わたしは母の蝶にも似てゐないが父なる牛の勤勉からも遠い
ちやうど今　母の死んだ齢と父の亡くなつた年歯のまん中へんにさしかかつてゐて
父と母に　くらくて寂しい影をおとしてゐる
一本の桂の木　つてところであらうか
自叙伝はどこへ行つてしまつたのかつていぶかしむ声には答へよう
原つぱのすみのその桂の木の蔭にわざと置き忘れて来てしまつたのだと

＊山口誓子の句

身ごもる少年

ある朝庭のモチの木にまたがつて朝食のあとの歯をせせつてゐたあの悪魔のやうには神は注解する者のもとを音づれて来なかつた　受験に失敗したり離婚しそこなつたりしたあとの無力感非力の思ひうつろな充溢のときにマリアやその年老いた従姉のエリザベトを音づれたやうに〈身籠る〉といふ形をとつて迅速に気づかないやうに神はやつて来た（かれは男の性をもつてすらりとかたはらに立つのである）

「ユダヤの王ヘロデの時にアビアの班《くみ》なる祭司ザカリアの妻の名を

エリサベツと云《いふ》　エリサベツ姙《はらみ》なきが故に彼等に子なし又《また》二人とも年老《おい》ぬ　主の使者《つかひ》香壇《かうだん》の右に立ちてザカリアに現《あらは》れしかばザカリア之《これ》を見て驚懼《あわておそ》る　天使かれに言ひけるはザカリアよ懼《おそ》るる勿《なか》れ爾《なんぢ》の祈禱《ねがひ》すでに聞《きき》たまへり爾《なんぢ》の妻エリサベツ男子《なんし》を生《うま》ん其名《そのな》をヨハネと名《なづ》くべし」といふ重々しい文体によつて注解するのがいいのかそれとも「彼は決して葡萄酒や強い酒を飲まない。そのかはりに母の胎内からすでに聖霊に満たされ、それに酔つてゐる」といふ塚本虎二訳に従ふべきなのか「その後、妻エリザベトは身ごもつて五か月の間身を隠してゐた。そしてかう言つた、〈主は今こそかうしてわたしに目を留め、人々の間からわたしの恥を取り去つてくださいました〉」（新共同訳）を選ぶべきなのか　原典はギリシヤ語で書かれてどの日本語訳も異本でありバージョンにすぎないとすればふかくこだはるには及ばない　直ちにたとへばジャン＝リュック・ナンシーのやうにエリザベトを『訪問』するマリアのいづれおとらぬふくらみ切つた腹部と腹部とが至近距離にまで近づきながらつひに接触せずにもかかはらず絵画としては画かれることのない二人の胎児エリザベトの場合は洗礼者ヨハネ、マリアでは受難の生涯を予定されたイエスがそのふくらんだ母の腹の中でよろこび踊つたといふ静の中の動外部の裡なる内奥を直感すべきなのだらう一体この聖霊を介してくる神の妊娠させる力とは実はそこに容赦のない性の所在をテキストのはじめから誇示してゐるという点で旧き約束の旧約から新しき契約の新約までを貫く神の生理学ともいへるので　注解する者があの日名古屋市東郊のひつじ草の咲く池のほとりで不意に神の襲撃をうけてよろめいたのも　ドイツ十三世紀の神秘家マイスター・エックハルトの注解するやうに「エリザベスに時が満ちた」といふ文言に近くすなはち「神の最高の意志は生むこと」にあり「神が神の子をわたしたちの内に生むまでは神は決して満足しないのである」から、ポントルモの画きとどめたマリアとエリザベツはおのおのおそるべき神の子をはらんで侍女二人とともに輪舞してゐたと見ていいのであつてしてみるとあの春の丘のべにねそべつてひつじ草の花

を見下してゐた受験生、つまり少年のときの注解する者の〈胎内〉
にもしづかに神の精液が注がれようとしてゐたのであつた

牛と共に年を越える

鷗外全集を奥へ移し植ゑたりやうやく出来た自分の本を平積みにしたり本林勝夫（斎藤茂吉研究の先達）の死を悼んだり新旧二鉢のポインセチアをベランダから部屋へ入れたり出したりする妻を見たり見なかつたりする織物みたいな水みたいな複数の時間それを透視したりしなかつたりしながら新しい年をよび込まうとしてゐた　朝の『万葉集』の中で桜田へ向かつて渡る田鶴の群がとびめぐりすこし眠さうな顔をした注解する者の「あれは家族もちの鳥、それを眺める黒人《くろひと》の寂しさ」なんて呟く斜めの容貌の暗さが映し出されて妻と一しよに批評しながら観てゐると年の瀬はいよいよ激流となつてそれを渡らうとする脚を包んだ　越年といふのは万葉人のいはゆる朝川で妹《いも》の家で目ざめた男が暗い空にきしみ鳴く朝鴉に送られて行く途中で渡らねばならない朝の川　まはりにはかしましい人の噂が一ぱいなのさそこでまあ丑年にちなんで黄牛《あめうし》を曳いてわたるのかそれともその背に乗つて行くかといへば注解者は身分相応に徒渡《かちわた》るのがいいのぢやないのか　インドではニルヴァーナへ向かつて輪廻転生するため何と何と悪魔から牛まで出世するのに八十六回人間になるにはさらに一回の転生が必要つていふぢやないか牛の食用を憲法で禁止してゐるヒンドゥー教の人々ほどではないがたとへば斎藤茂吉にとつて「しづかなる午後の日ざかりを行きし牛」と歌ひ出して「坂のなかばを今しあゆめる」と結ぶわけだし「塩おひてひむがしの山こゆる牛」と労働をたたへるべく牛はあり「まだ幾ほども行かざるを見し」と結んでその働きぶりに自分の歩みを重ねてゐるのを読めば注解する者さへ蕭然と襟を正して牛と共に越年のための朝川を渡

るのであつて黄牛だらうと黒牛だらうとかれの聖性の背に乗るなどとは思ひもよらないわけだしかれら聖なる獣類は『梁塵秘抄』の昔より荷を負うてか素裸でか海だつて渡るんだからそのうるんだ瞳で越年の（と念を押すが）朝川を渡る人間の寂しい努力を見やつてくれるのではあるまいか　インドでは世界一の数の約一億八千万頭のボス・インディクス種の牛が八千万頭の野牛と共にのびのびと都市や田舎の道をうろつき回りその間あひだには急進する情報産業のエンジニアまたはその予備軍の少年少女が深く眠つては清らかに目覚めてゐるというのに　昔は荷を負つた牛が坂の途中に行きなづんだこの国では少年のころのペットの非業の死を遠くまで引きずつたあげく人をあやめて留置されて越年する青年がゐる　そんなあかつきの冷気に耐へながら木下杢太郎全集を鷗外全集の蔭に置かうかどうか迷ひつつたとへばヴィルヘルム・ハンマースホイのなにもなくて妻だけのゐる室内の絵にいたく感動して帰つて来たもののまだ越年には数日かかるのだ

私室

人が死ぬが　そんなに大声はたてない
友が亡失してもわづかにうめくだけだ
退いて野にかくれたと聞くが悲しまぬ
感情は草むらのやうに戦ぐが苦でない
ブーバーの謂《い》ふ女子の私室の小嵐だよ

口語では係助詞が消えたやうに思へた
主語に続く「が」「は」に残つたとは

大野晋の説であつて信じてもよからう
人と人は係助詞の差異を失つた代りに
「が」といふ厭な響の助詞を得たのだ

生き方を変えるわけでもないのに風が
不思議な吹き方をしたのは変るための
吹かれるための樹の仕業かその高い空
から歌が降り冬の雨が零り光が退いた

年賀

わたしはホテルの裏玄関からハイヤーに乗り皇居の西御門《にしごもん》を目指した　車の窓の外では妻の少し心配さうな笑顔がわたしを送つてゐる　モーニングの裾を払つて座りながら多くの顔見知りの高官たちにまじつて「宮中年賀」に招かれてゐる由来について考へることはなく礼装の着心地わるさについて思ふ　空は快晴である　御門には青年宮務官《きゆうむかん》が待ちうけてゐて「階段は美貌なれどもわたくしと目合はすことを避けかかるなり」（大滝和子）そつくりの美しい階段が絨緞をひきかむつてわたしを導かうとして強いて目を合はすのを避け

たがつてゐるのを横目でみながら老いを意識したうつむき歩きにな
る定刻には充分間に合つてゐるから控へ室はまだ無人でわたしは日
露戦争の海戦を画いたタブロオの壁の中の戦艦に目をやり外庭の陽
光の高い緑青の鴟尾を輝かすのを眺めて階段の「美貌」ぶりと冬の
前庭の光耀を結んだり解いたり依然として緊張のなかに座つてゐる
と一人また一人と高官たちがあつまつて来た　礼服は「モーニング
またはそれに類するもの」と指定された文字がうつすらと頭をかす
めて過ぎる　燕尾服の人がちらりほらりと目立つて来た「濃いか、
薄いか、の判断をせねばならない、あなたの寡黙な姉のために。」
（建畠晢）モーニングでいいのだが燕尾服はあり得ないのか「判断」
は姉のためではなくわたしの場合知らぬ昔のわたしのためにある
「四、五人が国歌うたわぬスタジアム」（江里昭彦）の側に居た閲歴
が消えるわけでないし「起立しない　この低気圧臭いから」（昭彦）
といつた心理にも通暁しながら今は美貌の階段を踏んで朝日さす一
月一日の宮殿内控へ室に居て燕尾服の知人の白い襟元をみてゐる

「やあ、モーニングでいいんですよ　ただこれは日本独特の風習かも知れない　燕尾服は勲章をつけるのがきまりであれは重いから避けたがるつてのもある」といつた会話にいつか同調して「裏切りもきれいに響く冬深し」（大高翔）つてほどには裏切りもせず「冬川原とぎれとぎれに嘘をつく」（翔）つてほどには自意識が冴えてはゐない注解する者の一分派である「わたくし」は「咄嗟というほどの技ではないが、しかし速やかに手を伸ばす。そこに、ささやかで、しかも正確な糸口はある。」（哲）といはれた通りの糸口をつかんで立ちあがる　係り官の誘導するままに二十人ほどの高官たちにまじつて別の絨緞を踏んで両陛下に年賀を申し上げるため長官のあとに従つて晴ればれとした顔を曲り角ごとにゆらめかせながら歩いて行つた「元日やゆくへもしれぬ風の音」（渡辺水巴）はこのやうな深い場所に居てもわたしの耳をゆるがしたのである

注解する者からの挨拶

ホセ・カレーラスの「ミサ・クリオージャ」が響いてゐる部屋を出たり入つたりして二つの書棚から文献をとらうとしてゐるのは　このごろ注解する者の関心の一筋が鷗外の翻訳小説「アンドレアス・タアマイエルが遺書」にかかつてゐるからで　そのあひだにレオナルド・ダ・ヴィンチの「受胎告知」を分析する長い長い美術史家の冊子に目をやつたりもするし新国誠一のビジュアル・ポエジイがらみで外山滋比古の『修辞的残像』――大きな影響をうけたなあ五十年も前だ詩歌の韻律について書いたとき――をよみ直すんだ（もう

カレーラスは終つてヴェロニカ・ジャンスの美声がベルリオーズを唄つてゐる）みんな君がいつだつたか贈つてくれたＣＤさ　昨夜は近くの文化会館でパイプオルガンのコンサートがあつてね　知らないオランダ人のバッハを聴いた　君の仲間の夭折したＫがある音楽出版社からぼくの歌文集を出してくれるといふんで「オルゲル（パイプオルガンの異称）氏についてのフーガ風の断想」つてオルガンといふ未知未見の楽器へのオマージュを書いたのは君も知つてる通りさ　八〇年代といふのは日本のあちこちに除々にオルゲル氏が住みついて行つた年代だつたんだ　あの楽器の中でも最大級の一見冷めたい感触の壮大な音響の源　それでゐて奏く人はつねに後ろから見られ手と足がはねるやうに動く諧謔味のある行動とはおよそ不似合ひな神への祈りの曲が高低を交互させながら襲つて来る　昨夜もその通りだつた　さうだそれが「アンドレアス・タアマイエルが遺書」とどう関はるのかつて問ひは注解する者には痛いよ　鷗外にはまだかすかな臭気を残して心の深部が焦げてゐるんだな　わたしは

これを書きながらヴェロニカ・ジャンスのあとをリヒター指揮の「マタイ受難曲」へつないでながら書きをしてゐるが「注解する者」といふ仮面を脱ぐまぎはになつても難問は山積さ　そして注解すべき対象はつねに複数でありそのどれもが底辺で同じ紐をにぎつてゐるたとへば「受胎告知」にも「受難曲」にも「タアマイエルが遺書」にも受胎といふ性の現実があり受難から死へ行く男の物語があるではないか　といひながら鷗外がこのシュニッツラアの掌篇を最初に訳して載せた雑誌「明星」明治四十一年一月号をかたはらに置いて見てゐるあたりでどうやら時間が幸か不幸か切れてしまつた鷗外にとつて明治四十一年は弟が死に息子の不律が夭折する年だつたのだがね　またの機会にこのあとの話はしようではないか　いただいたままだ聴いてないCDも何枚か残つてゐることでもあるしね　ではその時まで（高校生風に）アウフ・ヴィーダー・ゼーエン！

初出＝「現代詩手帖」二〇〇八年一月〜十一月号、および二〇〇九年一月号、二月号

注解《ちゅうかい》する者《もの》

著者
岡井《おかい》 隆《たかし》

発行者
小田久郎

発行所
株式会社 思潮社
〒162-0842 東京都新宿区市谷砂土原町3—15
電話 03(3267)8153(営業)／03(3267)8141(編集)
FAX 03(3267)8142

印刷
三報社印刷株式会社

製本
小高製本工業株式会社

発行日
二〇〇九年七月二十五日第一刷 二〇一〇年二月二十五日第二刷